버찌의 선택

버찌의 선택

이정란 동화 ● 지문 그림

창비

차례

1
간절히 바라면

'쳇, 나를 버리고 잘 사는지 두고 보자고!'

아무도 없는 공원에 캐갱캐갱 캥캥, 버찌 짖는 소리가 울려 퍼졌어요. 달콩공원 한가운데에 있는 플라타너스 나무 아래였지요. 하늘은 깜깜했고, 바람은 세찼어요.

버찌는 하루 종일 생각했어요. 왜 두 번씩이나 버려져야 했는지 말이에요.

'내가 어때서? 뭐가 부족한데? 털 보드랍지, 말 잘 듣지,

똑똑하지. 게다가 난 백 년에 한 번 나올까 말까 한 절대 음감 강아지야! 들어는 봤어? 절, 대, 음, 감, 강아지!'

버찌는 캥캥 깨애깨애 캥캥, 짖다가 온몸을 부르르 떨었어요. 추워서 몸을 떤 건 아니에요. 분해서였어요. 이렇게 완벽한데 두 번씩이나 버려졌다는 사실이 분해서요. 버찌는 이빨을 바득바득 갈았어요.

'흥, 두고 봐! 보란 듯이 멋지게 살아갈 테니까!'

캥캥 깨갱깨갱 캥 캥 캥, 버찌는 한 번 더 짖은 뒤 나무에 기대 두 눈을 감았어요. 그리고 곰곰이 생각했지요. 앞으로 어떻게 살아야 할지. 그런데 아무리 고민을 해도 마땅한 방법이 안 떠오르는 거예요. 답답했어요. 속이 꽉 막히는 것 같았고요. 그래서 캥캥캐캥캥캥 깨깨캥캥캥, 목청 높여 짖었지요. 답답한 마음을 조금이라도 털어 내 보려고요.

그때였어요. 반짝, 불빛이 보였어요. 딸랑딸랑 소리도

들렸고요. 버찌는 나무 뒤로 몸을 숨겼어요.

"누구네 개가 이렇게 짖어 대는 거야? 귀가 떨어져 나가 겠네!"

자전거 탄 아저씨였어요. 험상궂은 표정으로 버럭 성질을 내지 뭐예요.

'쳇, 개가 그럼 짖지, 말을 하겠어요?'

캥캥캥캥, 버찌는 아랑곳 않고 짖었어요. 마지막 '캥'을 내지르고는 휘청거렸지요. 조금 어지러웠어요. 오늘 아침에 버려지고 지금껏 아무것도 먹지 못했거든요. 가만히 눈을 감았어요. 자신을 이곳에 버리고 간 두 번째 주인이 떠올랐지요.

'이럴 거면 그때 나를 데려가지 말지. 그럼 더 좋은 주인 만나서 행복하게 살았을 텐데…….'

버찌는 유기견 보호소에서 두 번째 주인을 만났어요. 첫 번째 주인은 누구냐고요? 그건 버찌도 잘 몰라요. 워낙 어릴 때라 기억에도 없으니까요. 그런데 이상하게 딱 하루는 기억이 나요. 비가 많이 오던 날, 온몸을 부르르 떨던 기억이요. 유기견 보호소에서 들은 말인데요, 버찌는 그날 버스 정류장 구석에 놓인 라면 상자 안에 담겨 있었대요. 쓰레기처럼요. 쓰레기인 줄 알고 환경미화원 아저씨가 들어 올렸는데 그 안에 버찌가 있었대요.

두 번째 주인은 버찌를 아주 귀여워했어요. '버찌'라는 이름도 지어 주었지요. 매일같이 산책도 하고 자주 쓰다듬어 주고, 어디 아픈 곳은 없는지 살펴 주고요. 그런데 언젠가부터 버찌에게 짜증을 부리는 거예요.

"버찌! 얌전히 있어! 가만히 있으라니까!"

버찌는 느꼈어요. 주인의 마음이 변하고 있다는 것을요. 그럴수록 버찌는 주인에게 찰싹 달라붙었지요. 주인의 마음을 어떻게든 되돌리고 싶었어요.

"도대체 너는 왜 이러는 거야? 도저히 못 살겠다."

버찌는 매번 내동댕이쳐졌어요. 그러다 결국 오늘 아침, 이곳에 버려지게 된 거지요. 억울했어요. 대체 무엇을 잘 못했는지 아무리 생각해도 알 수 없었어요. 사람처럼 말이라도 할 수 있으면 터놓고 묻기라도 했을 거예요.

'말?'

그 순간, 머릿속에 좋은 생각이 번뜩 떠올랐지요.

'그래, 말! 말을 한번 해 보는 거야! 말은 꼭 사람만 하라는 법 있나? 그까짓 거, 다 할 수 있어. 그런데…… 어떻게 하는 거지?'

버찌는 입을 벌리고 소리를 내 보았어요.

"멍!"

이번에는 입을 다물고 소리를 내 보았어요.

"끄응!"

이번에는 입을 반만 벌리고 혀를 앞으로 내밀며 소리를 내 보았어요.

"학학!"

버찌는 어떻게 해 봐도 말을 할 수가 없었어요. 어찌나 화가 나던지요. 뒷발로 땅을 찼어요. 떼구루루, 돌멩이 두 개가 굴러갔지요.

버찌는 하늘을 올려다봤어요. 보름달이 동그랗게 빛났지요. 보름달에 소원을 빌면 그 소원이 이루어진다는 이야기를 들은 적이 있었어요. 버찌는 몸에 묻은 흙을 툭툭 털어 냈어요. 그리고 앞발을 가지런히 모았어요. 두 눈도 꾹 감고요. 빌었어요. 아주 간절하게요.

'달님, 보름달님! 저도 말을 하고 싶어요. 말을 할 수 있게 해 주세요. 제발요. 달님! 보름달님! 저는 더 이상 버려지고 싶지 않아요.'

그때였어요. 어디선가 코오옹, 하는 소리가 들렸어요. 버찌는 눈을 떴어요. 분명히 코오옹, 소리였어요.

버찌는 고개를 갸웃거리며 주위를 살폈어요. 발 바로 앞

에 연분홍색 콩 한 알이 있었어요. 향긋한 벚꽃 향이 났어

요. 버찌는 고개를 숙여 킁킁 냄새를 맡았어요. 그러다 날

름 입에 넣었어요. 꿀꺽, 삼켜 버렸고요. 콩이 미끈거려서

그대로 쑥 넘어가지 뭐예요.

　캑캑캑, 콩이 목에 콱 걸리고 말았어요. 답답했지요. 콩

을 빼내야 할 것 같았어요. 캑캑, 기침을 계속했어요. 안 빠졌어요. 침을 모아 한꺼번에 꿀꺽 삼켜도 봤어요. 그래도 안 빠졌지요. 방방 뛰어도 보고, 물구나무도 서 봤어요. 뒷발을 플라타너스 나무 밑동에 걸치고요. 그래도 목에 박힌 콩은 안 빠졌어요. 빠지라는 콩은 안 빠지고 기운만 쫙 빠졌지요.

바닥에 그대로 뻗어 버렸어요. 눈이 스르륵 감겼지요. 어디서 날아왔는지 까만 비닐봉지 하나가 버찌 몸을 덮어 주었어요. 그 덕에 버찌는 아침까지 푹 잤어요. 추운 줄도 모르고요.

2
버찌의 가정 방문

다음 날 아침, 동쪽 하늘에서 빨간 해가 빼꼼 얼굴을 내밀었어요.

"아하하함, 잘 잤다아아암!"

버찌가 비닐봉지 이불을 걷어 내고 일어났어요. 캑캑, 목구멍에 박힌 콩은 여전히 그대로였어요. 그래도 전날보다는 덜 답답했지요. 하룻밤 자고 일어나니 적응이 된 것 같았어요. 몸을 힘차게 쭉 늘렸지요. 그랬더니 꼬르르르르

륵, 배 속에서 요란한 소리가 나지 뭐예요. 주린 배를 움켜
쥐고 누군가 나타나기를 기다렸어요.

'착한 사람이었으면 좋겠다. 마음씨 따뜻하고, 내 절대
음감도 알아 주고, 책임감도 강하고, 먹을 것도 넉넉히 주
는 사람이면 좋겠어. 가탈스럽지 않았으면 해. 산책도 많
이 시켜 주고 말이야. 그러려면 부지런하고 건강해야겠
지? 아, 그리고 이웃도 잘 만나야 해. 어제 만난 자전거 탄
아저씨 같은 사람은 정말 별로니까.'

이런 생각을 하니 설레지 뭐예요. 버찌는 눈앞에 주인
후보들이 한 줄로 주르르 서 있는 모습을 떠올렸어요. 목
이 빳빳하게 섰지요.

"그래, 내가 선택해 보는 거야. 사람들이 대통령 뽑는 것
처럼 말이야. 아하하하, 왜 여태 그 생각을 못 한 거지? 선
택을 하면 되는 거잖아? 선택당하는 게 아니고!"

기운이 샘물처럼 퐁퐁 솟지 뭐예요. 버찌는 배고픈 것도

싹 잊고 노래를 불렀어요. 주인을 직접 뽑을 생각에 신이
났어요.

난 이제 결심했어. 아무나 따라가지 말자고!

사람들 마음 믿지 못해. 쉽게 변하니까아아아아!

이제 선택할 거야, 내가 선택할 거야. 멋진 주인!

그때였어요.

"월래! 월래리여!"

플라타너스 나무 뒤였어요. 산책을 하던 할머니가 버찌
를 뚫어지게 쳐다보았지요. 입을 쩍 벌리고서요. 버찌는
노래를 멈췄어요. 두 눈을 휘둥그레 떴지요. 눈알이 튀어
나올 정도로요. 할머니 얼굴에 동그란 빵 두 개가 붙어 있
었거든요. 버찌는 침을 꿀꺽 삼켰어요. 빵이 먹음직스러워
보였어요. 살금살금 할머니를 향해 다가갔어요.

"어? 빵이 아니잖아? 에이, 난 또…….”

버찌가 잘못 본 거였어요. 그건 빵이 아니라 할머니의 동그란 안경이었어요. 할머니는 아주 커다란 안경을 쓰고 있었던 거예요.

할머니 손이 부들부들 떨렸어요. 손에 든 물통도 덩달아 떨렸지요. 버찌는 물 한 모금이 마시고 싶었어요.

"아, 저 물 좀 주면 좋겠다. 목말라.”

툭, 할머니 손에서 물통이 떨어졌어요.

"지, 지금 말, 말을 한 겨? 방금 전에는 노래도 부르고?”

할머니가 두 눈을 부릅떴어요. 동그란 안경을 추켜올리면서요.

"누구여? 도깨비여? 귀신이여?”

"강아지요. 쫄딱 굶은 강아지.”

할머니가 두 손으로 입을 틀어막았어요. 그러거나 말거나 버찌는 바닥에 떨어진 물통만 바라보았지요.

"할머니, 물통 버린 거면 제가 좀 마셔도 돼요? 목이 마른데."

할머니는 기가 막혔어요. 두어 발자국 가까이 다가와 눈을 가늘게 뜨고 버찌를 살폈어요. 말도 하고 노래도 부르지만 아무리 봐도 영락없는 강아지였어요. 물통을 보며 입맛을 다시는 게 정말 목이 마른 것 같았지요. 할머니가 고개를 끄덕였어요.

"그, 그려."

버찌는 잽싸게 몸을 날려 물통을 잡았어요.

"끙, 어떻게 여는 거지?"

앞발로 물통 뚜껑을 열어 보려 했지만 잘 안 됐어요. 그러자 할머니가 물통 뚜껑을 열어 주었지요. 부들부들 떨리는 손으로요.

"마, 마셔."

버찌는 물통을 입에 댔어요. 물이 줄줄 흘러내렸지요.

그걸 본 할머니가 손바닥
만 한 플라타너스 나뭇잎
을 하나 주워 왔어요. 바짝
말라 잎 끝이 동그랗게
오므라져 있었어요. 그릇
처럼요.

할머니가 나뭇잎에 물을
부어 주었어요. 버찌는 할머니가
꽤 친절한 사람이라고 생각했어요.

"그런데 어쩌다 말을 하게 된 겨?"

"네? 말이라고요? 제가…… 말을 해요?"

"월래! 지금 나랑 말하고 있잖여?"

버찌는 고개를 갸웃했어요. 듣고 보니 이상했어요. 혀가
휙휙 저절로 움직이는 느낌이었거든요. 버찌는 멍멍 짖어
보기로 했어요. 입을 크게 벌렸지요. 목에 힘을 꽉 주고요.

"아아! 아아, 아아! 오잉? 내가 왜 이러지?"

할머니 말이 사실이었어요. 버찌는 이제 짖지 않고 말을 하게 된 거예요. 깜짝 놀라 제 몸 여기저기를 살살이 훑어 보았어요. 머리도 그대로, 털도 그대로였어요. 쫄쫄 굶어 쏙 들어간 배까지요. 버찌는 어젯밤 일을 떠올렸어요. 달을 보고 소원을 빌었던 일 말이에요.

"헉, 그럼 그 콩알이 내 목에 박혀……."

버찌는 소원이 이루어진 걸 깨달았어요. 기뻐서 눈물이 다 났어요. 할머니 다리를 잡고 펄쩍펄쩍 뛰었어요.

"어디 보자, 주인은 없는 겨?"

"저를 버리고 갔어요."

"월래! 개를 버리고 가?"

대답하려는데 꽈르르르르르륵, 배에서 요란한 소리가 나지 뭐예요. 버찌는 머쓱한 표정으로 배를 쓰다듬었어요.

"흐음…… 배가 고팠구먼."

"……."

"워쪄?"

"뭐, 뭐가요?"

"우리 집에 같이 갈텨?"

할머니는 공원 맞은편 큰길 너머 주택가를 가리켰어요.

"거기가 어딘데요?"

"아, 어디긴 어디여? 내 집이지."

버찌는 머뭇거렸어요. 아무나 따라가지 않겠다고 다짐
했으니 신중히 고민하고 또 고민하려고 했어요.

쾅쾅꾸르르르르르르륵, 이번에는 배 속에서 천둥소리가
났어요. 마음이 살짝 흔들렸지요.

'그래, 우선 뭐라도 좀 얻어먹고 보자. 내 주인이 될 수
있는 할머니인지 아닌지 한번 확인해 보는 거야. 가정 방
문이라는 것도 있으니까.'

버찌는 할머니에게 물었어요.

"가면 뭐 맛있는 거라도 줄 거예요?"

"주다마다. 뭐가 먹고 싶은 겨? 말만 혀."

버찌는 잠시 생각했죠. 가장 먹고 싶은 음식을요. 바삭한 사료, 고소한 소고기, 달콤한 빵, 부드러운 죽, 소금간을 적당히 한 닭가슴살……. 머릿속이 온통 먹을거리로 꽉 찼어요. 이것저것 다 먹고 싶었지요. 어제부터 내내 굶었으니까요.

버찌는 침을 꿀꺽 삼켰어요. 머릿속에 떠오른 음식들 중 한 가지를 골랐을 때였어요.

"라면 워뗘?"

"라, 라면요?"

라…

라면요?

버찌 입이 활짝 핀 꽃잎처럼 벙글거렸어요. 그리고 속으로 생각했지요.

'이 할머니, 보통 사람이 아닌 것 같아. 내 속마음을 어떻게 훤히 내다보는 거지? 마침 딱 라면을 얘기하려던 참이었는데.'

두 번째 주인은 라면을 자주 끓여 먹었어요. 라면 냄새 알지요? 콧구멍 속으로 구수한 스프 냄새가 들어오

면 입에 연못이 생길 정도였어요. 침이 고여서요. 후루

룩후루룩 소리까지 나면 버찌는 참기 힘들었어요. 꼬리

를 살랑살랑 흔들고 주인 곁을 맴돌았어요. 그런데도 단 한 가닥을 주지 않는 거예요. 강아지한테 안 좋다나, 뭐라나!

"다른 건 몰라도 내가 라면 하나는 최고로 맛나게 끓이는구먼. 생각 있어?"

버찌는 대답할 필요도 없다는 듯 발걸음을 옮겼어요.

"월래, 같이 가! 쫄딱 굶었다더니 웬 걸음이 그리 빨러? 후훗."

버찌는 어디서 그런 힘이 났는지 신나게 걸었어요. 후루룩후루룩, 라면 한 그릇을 다 먹고 국물에 밥도 말아 먹고 싶었어요. 두 번째 주인이 그랬던 것처럼요.

3
후보 1번 월래 할머니

할머니가 라면을 끓였어요. 버찌는 할머니 옆에 딱 달라붙어서 자기소개를 시작했지요.

"제 이름은 버찌예요. 제 코끝 보이죠? 동글동글하고 까맣다고 그렇게 불렀어요. 어제 나를 버린 주인이요. 아, 이제 주인이라고 부르면 안 되겠네요. 나를 버린 나쁜 사람 말이에요."

"이잉, 그래도 이름 하나는 잘 지어 줬네. 버찌, 나도 알

지. 벚꽃 지고 나면 열리는 열매 아녀? 다 익으면 까매지는
거. 쯧쯧쯧, 이름까지 잘 지어 놓고선 왜 버렸댜? 키울 자
신 없으면 애초에 데려가지를 말아야지. 사람들도 참!"

"그러니까요! 제 말이 바로 그 말이에요. 후우우, 할머니
는 저랑 말이 좀 통하는군요."

버찌는 마음이 조금씩 풀렸어요.

"내 소개도 들어 볼텨? 내 이름은 나월래여. 월래, 월래,
나월래!"

버찌는 고개를 끄덕였어요. 할머니가 말할 때마다 '월
래'라고 하는 이유를 알 것 같았지요.

"어려서부터 친구들이 내 이름 가지고 막 놀렸어. 내 별
명이 뭔지 알어?"

"모르죠."

"뭐냐면, '월래 월래리'여. 오호호호홍. 참 이상햐. 어릴
때는 그렇게 놀림당하는 게 싫더니만 나이를 먹으니께 좋

32

아. 월래, 월래리여! 오호호호흥, 재밌잖여? 세상 살아 보
니까 세상에 재미있는 것만큼 좋은 건 없어. 돈만 많이 있
으면 뭘 혀? 재미가 있어야지. 월래, 월래리여!"

할머니는 접시에 라면을 담아 버찌에게 주었어요. 후루룩후루룩, 버찌는 라면을 빨아들이듯 먹었어요. 정신없이 먹어 치웠지요. 실제로 먹어 보니 라면이라는 거, 상상 그 이상이더라고요. 입에 이상하리만치 짝짝 달라붙었어요. 어느새 면발은 다 먹고 국물만 남았어요. 버찌는 입맛을 쩝쩝 다셨지요.

"밥 말어?"

할머니 손에 밥주걱이 들려 있었어요.

"할머니! 두말잔솔!"

"이잉? 두말잔솔?"

"두말하면 잔소리라고요. 당연하다고요. 헤헤헤."

버찌는 할머니가 말아 준 밥까지 싹싹 먹어 치웠어요. 끄어어억, 트림까지 했지요. 라면 한 그릇에 밥까지 말아 먹고 나니 세상 부러울 게 없었어요. 온몸이 나른해지지 뭐예요. 자꾸만 잠이 밀려왔어요. 버찌는 졸린 눈을 간신

히 뜨고 바닥에 배를 댄 채 눈알을 요리조리 굴렸어요. 할머니 집 구경을 하느라고요.

'흐흠, 가만있어 보자. 방이 몇 개야? 두 개, 아니, 세 개인가? 화장실은 어디지? 아, 저쪽인가 보다. 다른 사람도 있나?'

"방이 두 개, 화장실 하나. 나 혼자 살어. 뭐, 가끔 우리 손자가 놀러 오기는 하지만."

"헉!"

버찌는 깜짝 놀랐어요. 벌떡 일어섰지요. 할머니는 자꾸만 버찌 속을 훤히 들여다봤어요. 할머니가 배시시 웃었어요.

"궁금한 건 물어봐."

"그, 그게…… 라, 라면은 자주 먹을 수 있어요?"

"자주? 자주는 아녀. 늘! 늘 먹으니께. 오호호호홍."

버찌도 할머니를 따라 웃었어요. 할머니 집에 같이 살아도 좋을 것 같았지요. 할머니는 주방 서랍을 열어 보여 주었어요.

"봐, 골라 먹는 겨. 그날그날 기분 따라."

버찌는 황홀했어요. 서랍에는 짜장 라면, 달콤 라면, 버섯 라면, 새우 라면, 매운 라면에 버찌가 꼭 한번 먹어 보고 싶었던 오동통 라면까지 없는 게 없었지요.

'마음에 쏙 들어. 이 집의 커다란 창문도 아주 좋고 말이야. 게다가 할머니는 내가 말을 안 해도 속마음까지 훤히 내다보잖아. 그럼 같이 살겠다고 해? 아니지. 조금 더 고민을…… 해, 말아? 해, 말아?'

버찌는 엉덩이를 위, 아래, 위, 아래로 씰룩였어요. 할까, 말까 고민할 때마다 나오는 버찌만의 습관이었지요.

"아이구 아이구, 아이구우우우우우."

할머니가 거실 소파에 앉으며 앓는 소리를 냈어요. 그것도 아주 길게요. 버찌는 눈을 가늘게 뜨고 할머니를 지켜

보았지요.

"아이구, 허리야, 다리야. 비가 오려나? 오늘은 어째 어깨까지 쑤시는 것 같네."

"하, 할머니! 마, 많이 아파요? 어디가요? 얼마큼요?"

"안 아픈 데가 없지. 나이가 많으니께. 에휴, 내가 앞으로 얼마나 더 살 수 있으려나?"

버찌는 자리에서 벌떡 일어섰어요.

"네? 그, 그게 무슨 말이에요? 그럼 하, 할머니가 설마……."

"내 나이가 올해 칠십이여, 칠십. 먹을 만큼 먹었지. 그러니께 이제 슬슬 마음의 준비를 해야 한다, 이거여."

버찌는 정신이 번쩍 들었어요. 벌써 마음의 준비를 해야 한다니요? 오늘 처음 만났을 뿐인데요. 버찌는 상상했어요. 할머니가 무지개다리를 건너가는 모습을요. 생각만으로도 마음이 찌릿찌릿 아팠어요. 아, 사랑하는 동물이 세상을 떠날 때, 사람들은 무지개다리를 건넜다고 말하곤 해요. 버찌는 그 말을 유기견 보호소에서 들었어요.

예전에 산책할 때 만난 강아지 꼬몽이도 몸이 아파 무지
개다리를 건너 다시는 볼 수 없는 곳으로 가 버렸어요. 그
때도 마음이 너무 아팠어요. 버찌는 고개를 절레절레 쳐었
어요. 이별을 코앞에 둔 할머니를 주인으로 선택할 수는
없었지요. 할머니에게 천천히 다가갔어요.

"할머니, 저 다른 곳에 가 볼게요. 라면 잘 먹었고요. 국
물에 만 밥도 잘 먹었어요. 할머니가 아프지 않았으면 좋
겠어요. 그리고 건강하게 오래 사세요. 안녕히 계세요."

버찌는 꾸벅 인사를 했어요. 할머니는 무슨 영문인지 몰
라 버찌를 멀뚱히 쳐다만 봤지요. 버찌는 후다닥 할머니
집을 빠져나왔어요. 다행히 현관문이 살짝 열려 있었어
요. 할머니가 버찌 이름을 부르며 뒤따라 나왔지만 소용없
었어요. 버찌는 이미 마음을 굳혔거든요. 새 주인을 다시
찾아보기로요.

주택가를 벗어나 큰길 앞에 다다랐어요.

"월래 할머니는 편하고 왠지 정이 가. 라면 끓이는 솜씨
도 으뜸이고. 게다가 말 안 해도 내 마음을 속속 알아주잖
아? 그렇지만 아닌 건 아니야. 잘했어, 버찌!"

버찌는 스스로를 칭찬했어요. 그러면서도 자꾸 뒤를 돌
아보았지요.

4
후보 2번 우동찬

버찌는 달콩공원으로 돌아왔어요. 바람은 찼지만, 배가 든든하니 견딜 만했지요. 버찌는 새 주인을 다시 찾고 싶었어요. 신나게 노래를 불렀어요. 그럼 또 누군가가 나타날 것 같아서요.

말하는 강아지 나예요. 노래하는 강아지 버찌예요.

신기한 콩알을 먹었어요. 달님이 내게 주었지요.

멋진 주인을 찾아요. 버찌의 주인을 찾아요.

노래를 부르고 또 부르는 사이 해는 하늘 한가운데를 지나 서쪽으로 조금씩 기울어졌어요.

"축구할 사람!"

"나!"

"나도!"

가까운 곳에서 아이들 목소리가 들렸어요. 버찌는 목을 길게 빼고 둘러보았지요. 플라타너스 나무 뒤 축구장이었어요. 여덟 명의 아이가 네 명씩 두 팀을 이루어 축구를 하고 있었어요. 아이들이 공을 차며 이리저리 뛰었어요.

"패스! 패스! 야, 우동찬! 패스하라니까!"

남자아이 하나가 공을 앞에 두고 우물쭈물했어요. 그 아이가 머뭇거리는 사이 다른 아이가 와서 공을 획 낚아채 갔어요. 그리고 그대로 공을 뻥 찼지요. 공이 골대 안으로 쏙 들어가 버렸어요.

"야! 너 뭐야? 패스를 해야지. 왜 가만히 있는데? 아휴, 답답해!"

경기가 진행될수록 계속 비슷한 말이 쏟아졌어요.

"야! 우동찬! 걷는 거야, 뛰는 거야?"

"우동찬! 그쪽 아니고 이쪽이잖아?"

"좀 빨리 가야지! 우동찬! 그 사탕 좀 어떻게 할 수 없어? 깨물어 먹든지!"

버찌는 우동찬이라는 아이를 쉽게 찾아냈어요. 행동이 느릿하고 막대 사탕까지 물고 있는 아이는 딱 하나뿐이었거든요. 버찌는 우동찬에게 자꾸 눈길이 갔어요. 저러다 펑펑 울어 버리지나 않을까 하고요. 아이들이 자꾸만 나무라니까요. 하지만 그건 쓸데없는 걱정이었어요. 우동찬은 오른손을 쫙 펴 보이며 외쳤어요.

"나 안 해!"

목소리가 우렁찼지요. 그러고는 축구장을 걸어 나왔어요. 입에 사탕을 문 채로요. 버찌 눈에는 그 모습이 어찌나 멋지던지요. 누가 뭐라 해도 전혀 기죽지 않는 당당한 모습이요. 버찌는 우동찬을 새 주인 후보에 올려놓았어요. 쓰읍, 입가에 침도 발랐지요.

마침 우동찬이 버찌를 발견하고 성큼성큼 다가왔어요. 버찌는 조금 놀랐지만 우동찬과 대화를 나눠 보고 싶었어요. 무슨 이야기로 말문을 터 볼까 생각했지요. 그러다 불쑥 이런 말이 튀어나오고 말았어요.

"야! 축구 꽝!"

"왜?"

버찌는 깜짝 놀랐어요. 우동찬이 '축구 꽝'이라는 말을 듣고도 아무렇지 않게 대답을 했으니까요. 게다가 강아지가 말을 하는데도 눈 하나 깜짝하지 않았지요. 사탕만 쪽쪽 빨고요.

"어? 그, 그게……."

"그런데 넌 누구야? 여기서 뭐 하는 거야?"

우동찬은 버찌 눈을 빤히 쳐다보며 물었어요. 버찌는 눈을 깜빡이며 침만 꼴깍꼴깍 삼켰고요.

"사탕은 못 줘. 네가 유기견이래도. 배가 고프대도."

"아, 괘, 괜찮아. 난 사탕 안 좋아해."

"그래? 다행이다. 난 또 달라는 줄 알았지."

버찌는 우동찬이 볼수록 매력적인 아이라고 생각했어요. 똘망한 눈이며 불룩 튀어나온 배, 말할 때마다 벌렁거리는 콧구멍. 볼은 또 어찌나 빵빵한지, 살짝 누르면 숨겨 둔 사탕 수십 알이 와르르 쏟아져 나올 것 같더라니까요.

"나, 난 버찌야. 그런데 너는 하나도 안 놀라네?"

"뭐가?"

"내가 너한테 말을 하고 있잖아! 아까 만난 할머니는 엄청 놀라던데?"

"그래? 이상하다. 말하는 강아지는 많은데."

버찌는 우동찬 말에 눈을 번뜩였어요.

"진짜? 어디에? 어디에 있는데? 나도 만나 보고 싶어."

"으음, 혹시 너 글자는 읽을 줄 알아?"

버찌는 고개를 가로저었어요.

"그럼 안 돼!"

"왜?"

"동화책을 읽어야 만날 수 있거든. 동화책에는 엄청 많아. 강아지들이 다 말을 한다니까. 어떤 강아지는 문제도 해결해 주고, 학교도 다녀. 시도 쓰고. 참, 고양이들도 말을 하더라. 어떤 고양이는 경비원으로 일해."

학교도 다니고 시도 쓰는 강아지라니! 버찌는 잠깐 상상에 빠져들었어요. 입을 헤벌쭉 벌리고요. 상상만으로도 신이 났지요. 글자는 모르지만 동화책을 읽어 보고 싶었어요. 고양이 이야기도요.

"어? 최혜나잖아?"

그때 우동찬이 갑자기 입에서 사탕을 빼 등 뒤로 감췄어요. 그러더니 흠흠 목청을 가다듬지 뭐예요. 바지 속에 넣었던 티셔츠 자락도 빼고요. 그랬더니 볼록 나왔던 배가 아주 조금은 납작해 보였어요. 우동찬이 손을 번쩍 들었어요.

"혜, 혜나야!"

큰 소리로 외치더니 헤벌쭉 웃었어요. 버찌는 이게 무슨 일인가 하며 우동찬이 바라보는 곳을 쳐다보았어요. 축구장 앞을 지나오는 여자아이가 보였어요. 머리카락이 곱슬곱슬한 아이였어요. 동그란 두 눈은 별처럼 반짝반짝 빛이 났고요. 버찌는 감을 딱 잡았어요. 흐흐흐 웃음이 나왔지요.

"혜나야, 학원 가?"

"……."

"우리 같이 놀래? 저쪽에 가면 놀이터 있어."

"……."

이게 웬일이에요? 최혜나는 우동찬 말을 듣는 척도 안 했어요. 관심이 아예 없는 것 같았어요. 그냥 동네 강아지가 짖나 보다, 하는 표정이었지요. 조금 화가 난 것도 같았어요. 우동찬은 쩔쩔맸어요. 버찌는 한 걸음 뒤로 물러났지요. 우동찬이 어쩌나 한번 보려고요.

"혜나야, 너…… 왜 대답 안 해?"

버찌는 입을 쩍 벌렸어요. 우동찬이 당찬 아이라는 건 알았지만 이렇게 적극적일 줄은 몰랐거든요. 우동찬은 최혜나의 가방에 달린 인형을 향해 손을 뻗었어요.

"이거 나도 좋아하는 캐릭터야."

최혜나는 휙, 우동찬 손을 뿌리쳤어요. 그리고 매섭게 노려보았지요. 버찌는 입을 도로 꾹 다물었어요.

"우리 엄마 외국 사람 맞아. 그래서 뭐? 나보고 어쩌라는 건데?"

"응? 그게 무슨 말이야?"

"나도 다 알아. 너희들 내 뒤에서 수군거리는 거. 그래서? 우리 엄마가 외국 사람인 게 뭐 어때서?"

최혜나의 반짝이던 눈에서 투두둑 눈물이 떨어졌어요. 최혜나는 재빨리 소맷자락으로 눈물을 훔치고는 그대로 뛰어가 버렸어요.

“혜, 혜나야……."

우동찬은 곧장 일어나서 최혜나를 쫓아갔어요. 버찌도 우동찬을 따라갔어요. 혜나에게 무슨 사연이 있는 것 같았어요. 들어 보고 싶었지요.

“혜나야! 혜나야!"

우동찬은 최혜나를 붙잡았어요. 최혜나가 멈칫하더니 우동찬을 향해 고개를 돌렸어요. 뛰어가면서도 울었는지 눈물 자국이 선명했지요. 버찌는 앞발로 우동찬 다리를 툭툭 친 다음, 옆을 가리켰어요. 마침 바로 옆에 긴 나무 의자가 있지 뭐예요. 앉아서 이야기하라고요. 우동찬도 버찌 마음을 찰떡같이 알아들었나 봐요.

“혜나야, 너 피아노 학원 가는 거 맞지? 괜찮으면 우리 여기 잠깐 앉아서 이야기할래? 너 그런 얼굴로 가면 선생님이 걱정하실 거야. 집에 전화할지도 몰라."

우동찬의 말에 최혜나 마음이 움직였나 봐요. 최혜나가

못 이기는 척 의자에 앉았어요. 우동찬은 두 손을 무릎에 가지런히 올리더니 최혜나 눈치를 살폈어요. 최혜나는 눈물 자국을 지우려 손등으로 얼굴을 쓸었고요.

"우리 엄마가 그랬는데, 이제 어느 나라 사람인지 따지고 그런 건 촌스러운 거래. 다 같은 사람인데 그게 무슨 상관이야?"

"……."

"너 최혜나잖아? 최 씨. 우리 엄마도 최 씨야."

"……그래?"

최혜나가 슬며시 고개를 들고 우동찬을 바라보았어요.

"최 씨가 우리나라에서 엄청 흔한 성씨래. 김 씨, 이 씨, 박 씨 다음이라던데? 엄마가 다른 나라 사람이면 어때? 대한민국에서 같이 살면 된 거지. 엄마가 캄보디아에서 오셨다고 했지? 나도 캄보디아 가 봤어."

"정말? 언제?"

"작년 겨울에. 우리 작은아빠가 거기 살거든."

"정말? 와아!"

최혜나의 눈물 자국이 점점 옅어졌어요. 눈빛은 다시 빛났고요. 둘은 도란도란 얘기를 나누었어요. 버찌는 두 귀를 쫑긋 세웠어요. 우동찬이 최혜나를 좋아하는 게 분명하잖아요. 과연 우동찬은 어떻게 고백을 하나 들어 보려고요.

"흠흠, 그런데…… 혜나야……. 너, 그거 알아? 우리 반 남자아이들 중에 세 명 있는 거."

"세 명? 최 씨가 세 명?"

"아니, 너 좋아하는 사람."

최혜나가 피식 웃었어요. 우동찬은 최혜나를 따라 수줍게 웃더니 얼굴이 발그레해지지 뭐예요. 버찌는 그 모습에 앞발로 입을 가렸어요. 웃음이 나와서요. 막 터져 나오잖아요.

버찌는 앞발을 오므렸어요. 우동찬이 최혜나에게 고백하려고 하잖아요.

"누군지 알려 줄까?"

버찌는 더는 못 참고 그 자리에서 폴짝폴짝 뛰었어요. 최혜나 입술을 바라보면서요.

"……아니."

끄으응, 우동찬 입에서 강아지 소리가 새어 나왔어요.

"안 궁금해, 너는?"

"응. 유치하게 왜들 그래? 난 남자애들 관심 없어."

"왜?"

우동찬 눈이 왕방울만 해졌어요. 최혜나가 눈치를 챘나 봐요. 눈을 가늘게 뜨고 우동찬을 보면서 고개를 갸웃했어요. 우동찬이 말을 이었어요.

"좋아하는 게 뭐가 유치해? 엄청 진지한데. 밥 먹을 때도 생각나고, 자기 전에도 생각나고, 수업 시간에도 막 너

만 보인단 말이야."

"응? 누가? 누가 그렇다는 건데?"

버찌는 두 눈을 질끈 감았어요. 귀는 못 막았어요. 다음 말을 들어 버렸지요.

"누구긴 누구겠어? 바로 나지. 나!"

"……."

최혜나는 아무 말도 안 했어요. 버찌는 감은 눈을 살짝 떴어요. 둘이 어떤 표정인지 보려고요. 입이 바짝바짝 말랐어요. 잠시 후 우동찬이 입을 열었어요.

"너는 나 싫어?"

"싫은 건 아니지만, 그렇다고……."

"아, 싫은 것도 아니고 좋은 것도 아니라는 거지?"

"응."

버찌는 고개를 푹 숙였어요. 우동찬을 볼 자신이 없었거든요. 얼마나 상처가 크겠어요. 버찌도 많이 겪어 봤잖아요. 거절당하는 건 말이지요, 바늘이 마음을 쿡쿡 찌르는 것 같은 거예요.

"알았어. 어쩔 수 없지, 뭐."

"……미안해."

"미안하긴. 괜찮아. 네 마음이니까."

"……."

최혜나는 우동찬에게 인사를 한 뒤 공원을 가로질러 갔어요. 나무 의자에 남은 우동찬과 버찌는 한동안 아무 말 없이 하늘만 올려다보았지요. 먼저 입을 연 건 버찌였어요. 우동찬을 위로해 주고 싶었거든요.

"괜찮아? 이제 어떡해?"

"어쩌긴 뭘 어째? 그냥 친구로 지내야지."

버찌는 우동찬 어깨를 토닥였어요. 기가 푹 죽어 있는 우동찬을 보니 마음이 안 좋았어요.

"에이, 혜나도 좀 그렇다. 그냥 받아 주지."

"할 수 없지, 뭐. 그건 혜나 마음이니까. 누군가의 마음은 누군가의 것이지, 내 것은 아니잖아."

버찌는 쟁반으로 뒤통수를 한 대 맞은 것 같았어요. 정신이 번쩍 들지 뭐예요. 우동찬이 어른보다 더 낫잖아요. 버찌와 어제 아침까지 같이 산 누군가는 좋아하는 사람한테 고백했다가 거절당해서 몇 날 며칠을 울고불고 난리도 아니었거든요. 어른인데도요. 나중에는 막 흉도 보더라고요. 잘난 것도 하나 없으면서 잘난 척한다고요.

버찌는 우동찬이 마음에 쏙 들었어요. 유쾌하고 통쾌한 데다 다른 사람 마음을 인정할 줄 알잖아요. 버찌는 우동찬과 함께 살고 싶었어요. 그래서 슬쩍 운을 떼었지요.

"너랑 살면 참 좋겠다."

버찌는 한숨을 푹 내쉬었어요.

"그래? 그럼 가자. 내가 잘해 줄게."

"정말?"

"응."

"그런데…… 허락받아야 하지 않아? 너희 부모님한테 말이야."

그러자 우동찬 입이 굳게 다물어졌어요. 버찌는 마음을 접었지요. 산책하다 들은 말인데요, 우동찬 같은 아이들이 많대요. 부모님 허락도 안 받고 강아지를 데려갔다가 혼나서 도로 제자리에 놓고 가는 아이들이요.

"내가 허락 꼭 받고 올게. 우리 엄마가 좀 무섭긴 하지만…… 나 하나 키우는 것도 힘들다고 하지만……. 또 털 알레르기가 있기는 하지만, 그래도 좋아할 거야. 분명해."

우동찬은 확신에 찬 목소리로 얘기했지만 버찌는 앞발로 머리를 박박 긁었어요. 그렇게 둘은 헤어졌어요.

버찌는 다시 플라타너스 나무 밑으로 돌아왔어요. 가만 앉아서 먼 산을 바라봤지요. 이런저런 생각이 구름처럼 두둥실 떠올랐어요. 그러다 버찌는 피식 웃었어요. 방금 전 헤어진 우동찬이 자꾸 생각나서요. 조금 아쉬웠지만 어쩔 수 없었지요. 우동찬 말대로 누군가의 마음은 누군가의 것이니까요. 우동찬 엄마의 마음도 우동찬 엄마의 것일 테지요. 그렇게 생각하니 아쉬운 마음이 싹 달아나지 뭐예요. 그리고 버찌는 우동찬의 말을 계속 되뇌었어요. 되뇌면 되뇔수록 좋아지는 말이었어요.

"캬아, 누군가의 마음은 누군가의 것이야. 좋다, 좋아!"

5
후보 3번 두 번째……

날이 어둑해졌어요. 공원을 거닐던 사람들도 하나둘씩 집으로 돌아가고 있었어요. 멍하니 공원 입구를 바라보던 버찌가 펄쩍 뛰어올랐지요. 익숙한 사람을 봤거든요. 버찌는 다시 한번 펄쩍 뛰어올랐어요. 그리고 뛰어갔어요. 갈색 점퍼를 입고 공원 곳곳을 두리번거리는 한 사람을 향해서요. 그 사람은 바로 버찌의 전 주인이었어요. 어제 버찌를 이곳에 두고 간 두 번째 주인 말이에요.

버찌는 추운 줄도 모르고, 숨이 차오르는 줄도 모르고 뛰었어요. 원망도 많이 했지만 얼마나 그리웠다고요. 심장이 쿵쾅쿵쾅 방망이질을 해 댔어요.

둘 사이의 거리가 점점 가까워졌어요. 곧 두 번째 주인이 버찌를 발견하고 두어 걸음 뒤로 물러섰어요. 깜짝 놀란 표정이었어요. 주위를 두리번거리더니 돌멩이 하나를 집어 드는 거예요. 그리고 버찌를 향해 던졌어요.

"가! 빨리 가! 아직까지 여기 있으면 어쩌자는 거야? 에잇, 더 멀리 가서 버리는 건데."

퍽, 돌멩이는 땅에 있는 다른 돌을 맞고 튕겨 나오더니 버찌 앞발에 떨어졌어요. 버찌는 돌멩이에 맞은 앞발을 들어 탈탈 털었지요. 그제야 알았어요. 두 번째 주인은 버찌를 찾으러 온 게 아니라는 걸요. 다른 곳으로 잘 떠났나 확인하러 온 거예요. 마음이 조금 불편했던 거지요. 혹시 제 발로 다시 찾아오지는 않을까 하고요. 버찌는 한 발짝, 한 발짝 다가갔어요. 두 눈에 힘을 딱 주었어요. 그리고 또박또박 말했어요.

"아하, 그분이시군! 어제 아침에 나를 이곳에 버리고 간 그분!"

두 번째 주인은 두 손으로 입을 틀어막았어요. 그리고 그 자리에 털썩 주저앉았어요. 많이 놀랐겠지요. 어제 버린 강아지가 자기를 똑바로 노려보며 사람처럼 말을 하는데 안 놀라겠어요? 버찌는 두 번째 주인의 운동화를 꾹 밟고 지나갔어요. 지난 주말에 버찌와 함께 갔던 가게에서 산 흰 운동화였지요.

버찌는 뛰었어요. 뒤도 돌아보지 않고요. 눈앞이 뿌옇게 흐려졌어요. 눈물을 닦을 새도 없었지요. 뛰면서 눈물을

닦는 건 어려운 일이거든요. 강아지한테는요. 버찌는 뛰면서 생각했어요. 두 번째 주인은 이제 그만 잊어버리자고요. 그게 말처럼 쉽지 않다는 건 버찌도 잘 알았지요.

상처는 생각보다 오래갔어요. 영영 지워지지 않는 상처도 있고요. 그럴 때는 그 아픈 상처를 내내 가슴에 안고 살아가야 한다는 것도 버찌는 알고 있었어요. 지금도 비가 주룩주룩 내리는 날이면 불쑥불쑥 떠오르곤 하지요. 라면 상자 안에 갇힌 채 온몸을 부들부들 떨던 그날, 첫 번째로 버려지던 그날의 기억이요.

6
다시 만난 할머니

공원을 빠져나온 버찌는 주택가를 향해 뛰었어요. 숨이 턱까지 차올랐고 기운도 없었어요. 버찌는 서서히 걸음을 늦췄어요. 그러다 더는 걸을 수 없어 건물 담벼락에 기댔지요. 후후, 가쁜 숨을 골랐어요.

잠시 후, 할머니 세 명이 건물 밖으로 나왔어요.

"아이고, 춥다, 추워. 이제 진짜 겨울이네. 그나저나 월래는 이번에도 춤이지? 장기 자랑 말이야."

"그럼, 월래 하면 춤이잖아. 요래 요래 울랄라춤!"

빨간색 점퍼를 입은 할머니가 엉덩이를 이리저리 돌리고 팔을 휘휘 저으며 춤을 췄지요.

"월래! 아녀. 이번에는 춤 아니고, 노래할 겨!"

"월래가 노래를 해? 에이, 월래는 음치잖아? 그냥 춤춰! 노래는 무슨!"

"아녀, 노래할 겨. 하얀 드레스 입고. 두고 봐. 내가 하나 못 하나!"

그런데 어째 목소리가 익숙했지요. 버찌는 슬그머니 고개를 돌렸어요.

눈앞에 익숙한 얼굴이 보이는 거예요. 동그란 얼굴에 동그란 안경, 고개를 갸웃거리는 모습까지 똑같았어요. 아무리 봐도 딱 그 얼굴이었지요.

"헉, 월래 할머니잖아?"

버찌는 할머니가 반가웠어요. 슬그머니 할머니를 따라갔

어요. 갈림길이 나오자 할머니들은 뿔뿔이 흩어졌어요. 월래 할머니는 콧노래를 부르며 집으로 향했어요. 버찌는 그냥 따라가기만 했어요. 차마 부르지는 못하고요. 아침에 라면만 얻어먹고 도망을 나와서 다시 할머니를 볼 염치가 없었지요. 버찌가 그렇게 뻔뻔한 강아지는 아니거든요.

할머니가 행복빌라로 들어서고 있었어요. 이제 할머니를 부를지 말지 결정해야 했어요. 조금 있으면 할머니가 안으로 쏙 들어가 버릴 테니까요.

버찌는 굳게 마음먹고 소리쳤어요.

"할머니!"

"잉, 뭐여? 날 부른 겨?"

할머니는 오른쪽, 왼쪽을 둘러

보았어요. 버찌는 할머니 뒤에

있었는데요.

"할머니!"

버찌는 마음이 급했어요. 이번에는 할머니 앞으로 튀어 나갔어요.

　　"월래리, 넌 아까 도망간 그 강아지 아녀?"

　　"네, 맞아요. 저예요, 할머니. 아까는 죄송했어요."

　　"흥, 그려? 알았으니께 얼른 비켜. 나 들어갈 겨."

　　"할머니, 저……."

　　버찌는 머뭇거렸어요. 같이 살게 해 달라는 말이 나와야 말이지요.

　　"흐흠, 더 할 말 없지?"

　　할머니는 몸을 휙 돌렸어요. 버찌는 두 눈을 딱 감고 외쳤어요.

　　"할머니! 저는 할머니예요. 할머니로 선택했다고요!"

　　할머니 다리를 붙잡고 매달렸지요.

7
최종 선택은?

할머니는 안 된다고 했어요. 한 번 나간 강아지는 두 번, 세 번 자꾸 나간다고요. 버찌는 끝까지 설득했지요. 다시는 도망가지 않겠다고 맹세를 했어요.

"참말이여?"

"네! 참말이에요. 거짓말 안 해요, 저는. 호호호."

그새 바람이 차가워졌어요. 버찌는 몸을 떨었어요.

"오해는 마. 날이 추워서 하룻밤 재워 주는 겨. 딱 그뿐인 겨."

"네, 할머니. 감사합니다."

버찌는 다시 할머니 집으로 들
어왔어요. 고마운 마음에
넙죽 절을 했지요. 버찌
는 아늑한 할머니 집이
좋았어요. 계속 여기에서
살고 싶다는 생각이 들었지
요. 어떻게 말을 꺼낼까 생각했어요.
이런저런 궁리를 해 봤지요. 그러다 조금 전 골목길에서
들었던 할머니들의 대화가 떠올랐어요.

"할머니, 음치예요?"

"음치? 아녀!"

"제가 다 들었어요. 아까 할머니들 얘기하는 거요. 음치
라던데……."

"흐흠…… 그게 말여……. 정확히는 음치에다가 박치여……."

음도 박자도 다 틀렸대요. 어릴 때부터요. 노래만 부르려고 하면 다들 조용히 하라고 했대요. 그래서 태어나 지금까지 단 한 번도 노래 한 곡을 멋지게 부른 적이 없었대요. 버찌는 씩 웃었어요. 머릿속에 커다란 그림이 그려졌거든요. 두 번째 주인과 부동산에 간 적이 있어요. 거기서 봤는데 집주인과 집을 빌리는 사람이 어떤 종이를 써서 간직하더라고요. 그게 계약서라고 했어요. 말로만 약속하면 나중에 말을 바꿀지도 모르니까 확실하게 써서 도장까지 꽝꽝 찍어 두는 거래요. 만약 계약서 내용을 지키지 않으면 신고도 할 수 있다고요.

"할머니, 우리 계약서 써요."

"계약서?"

"네. 제가 할머니한테 노래를 가르쳐 줄게요. 사실은 제가 절대 음감 강아지거든요. 아까 공원에서 노래 부르는 거 보셨죠?"

짝, 할머니가 박수를 쳤어요.

"맞어. 봤지, 봤어."

"제가 여기 살 수 있게 해 주면 노래 잘하는 방법을 알려 줄게요. 말동무노 해 주고요. 매일 산책도 같이 하고요. 어때요?"

"……."

할머니는 커다란 안경을 추켜올렸어요. 그리고 자리에서 일어나 부우우욱, 벽에 걸린 달력 한 장을 뜯어 왔어요.

"불러 봐. 내가 쓸 테니께."

버찌는 다리에 힘을 꽉 주었지요. 날아갈 것 같아서요.

할머니는 계약서를 안방 문에 딱 붙였어요.

"오호호홍. 살다 살다 강아지랑 계약서를 다 써 보는구 먼. 오래 살고 볼 일이여."

계약서

버찌와 나월래는 함께 살기로 계약합니다.

버찌는 나월래에게 노래를 알려 주고,

나월래는 버찌에게 여러 가지로 잘해 줍니다.

버찌는 도망을 안 갑니다. 나월래는 버찌를 안 버립니다.

서로 믿고 의지하며 재미나게 삽니다.

할머니는 버찌에게 라면을 또 끓여 주었어요. 하얀 김이
모락모락 나는 라면을 이제 막 먹으려던 찰나였지요.

그때 땡동, 초인종이 울렸어요. 아까 골목에서 할머니랑
이야기를 나누던 빨간 점퍼 할머니였어요. 손에 사과 한

봉지가 들려 있었지요.

"웬일이여?"

"웬일은? 이거 나눠 주려고 왔지. 그나저나 웬 강아지야? 월래네 강아지 키웠어?"

"응, 그게……."

"나한테 동물 키워 뭣 하느냐 그러더니만. 아이고, 참 귀엽게도 생겼다. 그런데 웬 라면이야?"

버찌는 라면 그릇에 입을 갖다 댔어요.

"아니, 설마 강아지한테 라면 먹이는 거야?"

"왜? 강아지는 라면 먹으면 안 되는 겨?"

"아이고, 월래! 그걸 말이라고 해? 절대 안 돼! 강아지한테 큰일 나!"

빨간 점퍼 할머니는 버찌 앞에 놓인 라면 그릇을 재빨리 치웠어요. 그리고 집에 잠깐 다녀올 테니 기다리라고 했어요. 사료를 가져다준다고요. 버찌는 좋다 말았지요. 코앞

에서 라면을 놓친 거예요.

　결국 버찌는 빨간 점퍼 할머니가 가져다준 사료를 먹었
어요. 와작와작 껌도 씹었지요. 그것도 빨간 점퍼 할머니
가 가져다줬어요. 새것이라면서요.

"한 번은 괜찮겠지? 아이고, 내가 강아지는 처음 키워 봐서 몰랐지. 버찌야, 괜찮은 거여? 아픈 데는 없고?"

월래 할머니는 오전에 버찌에게 라면을 먹인 게 마음에 걸렸는지 물어보고 물어보고 또 물어봤어요. 괜찮냐고요.

"할머니, 괜찮아요! 한 번인데 뭘 그래요? 쩝쩝, 그런데 라면은 정말 맛있었어요. 또 먹고 싶어요, 할머니."

"월래? 안 된다잖여. 아까 못 들었어? 안 돼! 절대로 안 돼! 한 번만 먹어도 몸에 나쁘다잖여. 앞으로 라면은 금지여, 금지!"

버찌는 아쉬웠어요. 뾰루퉁한 표정으로 할머니 얼굴을 쳐다보았지요. 그래도 소용없었어요. 할머니는 다시는 라면을 안 줄 거라며 몇 번씩 말했지요.

"자, 이제 시작혀."

"뭐를요?"

"뭐긴 뭐여? 노래지."

"아하! 할머니, 준비됐죠?"

둘은 본격적으로 노래
연습을 시작했어요. 장기
자랑이 열흘 남았다며
할머니가 서둘러야
한다고 했거든요.

"할머니! 목청을 확 열어야 해요. 자, 따라해 보세요. 아
아 아 아 아."

"아아 아아."

"그게 아니고, 아아아. 더 크게 열어야
해요. 그래야 소리가 공기를
타고 나오죠. 공기 소리
반에 내 목소리 반! 이게
핵심이에요. 자, 아랫배에
힘을 딱 주고 어깨를

쫙 편 다음에⋯⋯."

둘은 밤늦도록 노래 연습을 했어요. 그런데도 누구 하나 시끄럽다고 소리를 지르는 일이 없었어요. 버찌와 할머니의 노랫소리가 행복빌라를 포근하게 덮어 주는 것 같았거든요.

일주일이 지났어요. 할머니는 버찌에게 부지런히 노래를 배웠어요. 그런데도 노래 실력은 늘지 않았어요. 게다가 목이 퉁퉁 부어 쉰소리마저 나지 뭐예요. 버찌는 할머니한테 조심스레 제안했어요. 그냥 춤을 추는 게 어떻겠냐고요. 할머니는 버럭 화를 냈지요. 끝까지 해 볼 거라고 했어요. 버찌는 민망하기도, 미안하기도 했어요. 사료 그릇만 만지작거렸지요. 그때였어요.

"할머니! 저 왔어요!"

"이잉, 동찬이가 오는가 보네. 아이고, 우리 손주!"

'동찬이라고?'

버찌는 와작와작 사료를 씹으며 일주일 전 공원에서 만난 우동찬을 떠올렸어요. 콧구멍을 벌렁대던 우동찬요. 그러는 사이 현관문을 열고 할머니 손주가 들어왔지요.

"어? 너는 버찌!"

"어? 우동찬!"

우동찬이 할머니의 손자였던 거예요. 둘은 반가워 그 자리에서 방방 뛰었어요. 우동찬은 버찌를 보러 매일 달콩공원에 갔대요. 학교 끝나고 오후에요. 버찌는 할머니와 매일 오전에 산책을 나갔고요. 그러니 엇갈려서 못 만난 거였어요.

우동찬은 할머니와 버찌가 쓴 계약서를 보고 깔깔깔 웃
었어요.

"우리 할머니가 음치에 박치? 난 아닌데?"

"그래? 넌 아니야?"

"내가 노래를 얼마나 잘 부른다고! 한번 들어 볼래?"

해당화가 피어 있는 정든 고향 길,

모두들 어디 가고 해당화만 나를 반기네.

아아아아 지나간 옛 시절 옛 사람 모두 그리워!

고향 길에 서성이며 불러 보네, 나의 그리움.

버찌는 깜짝 놀랐어요. 아홉 살 우동찬이 부른 노래는 할머니, 할아버지 들이 좋아하는 트로트라고 했어요.

"우리 할머니가 이 노래를 엄청 좋아하거든. 그래서 내가 잘 알지."

"헤헤헤, 맞어. 내가 제일 좋아하는 노래여. 장기 자랑은 우리 동찬이가 나가야겠다. 참말 잘한다, 잘해!"

할머니 말을 듣고 버찌 머릿속에 반짝 번개가 쳤어요.

"할머니, 동찬아! 그럼 우리……."

8
환상의 호흡

행복빌라 근처 도란노인정에 사람들이 가득 찼어요. 꽃
다발을 든 사람들, 멋진 옷을 차려입은 사람들로요. 그중
가장 돋보이는 건 하얀 드레스를 입은 월래 할머니였지요.
적어도 버찌 눈에는 그랬어요.

"동찬아, 워뗘? 괜찮아 보이는 겨?"

"으음…… 사실대로 말하자면 그냥 그래요. 저는 아무래
도 한복이 더 나은 것 같았는데……."

버찌는 우동찬을 발로 툭
쳤어요.

"아하하하, 아니에요, 할머니. 드레스 잘 어울려요.
정말 아름다워요."

"호호홍, 참말이여? 역시 우리 버찌는 보는 눈이 있어."

잠시 뒤 할머니, 할아버지 들의 멋진 공연이 시작되었어
요. 어떤 할아버지는 색소폰을 연주했어요. 월래 할머니에
게 음치라고 놀리던 할머니들은 노란색 드레스를 입고 나
와 노래를 불렀고요. 버찌는 할머니들 노래 솜씨나 월래
할머니 노래 솜씨나 별반 차이가 없다고 생각했어요.

"다음 순서입니다. 손자와 할머니의 합동 공연이네요.
노래 제목은「해당화 핀 내 고향」. 큰 박수 부탁드립니다!"

"와아아아아아아아아!"

객석에 앉아 있던 최혜나가 벌떡 일어나서 박수를 쳤어요. 우동찬이 최혜나를 보며 씩 웃었지요. 아, 우동찬과 최혜나는 고백 사건 이후 단짝이 되었대요. 우동찬이 공원에서 고백한 그다음 날, 최혜나가 먼저 우동찬한테 친하게 지내고 싶다고 했다잖아요.

"버찌, 음악 큐!"

할머니가 버찌를 향해 손가락을 튕겼어요. 버찌는 스마트폰 화면에서 음악 재생 버튼을 꾹 눌렀어요. 여기저기에서 환호가 쏟아졌지요.

"강아지가 스마트폰으로 음악을 켰어!"

"어머, 똑똑한 강아지네!"

"월래네는 어디서 저런 강아지를 데려온 거야?"

버찌는 가슴이 저절로 펴지는 것 같았어요. 뿌듯했지요.

이내 반주가 흘러나왔어요. 최혜나 옆에 앉은 버찌는 머리를 쑥 내밀 준비를 했어요. 곧 할머니와 동찬이의 무대를 시작해야 했거든요.

사실 그동안 할머니와 동찬이, 버찌는 비밀 신호를 주고받으며 연습을 했어요.

"할머니, 보세요. 제가 고개를 쑥 내밀면 시작, 뒤로 훅 젖히면 끝. 아셨죠? 할머니는 시작과 끝을 바로 알아채기 어려워하니까 저만 잘 보면 돼요."

"동찬아, 네가 목소리를 조금 더 크게 해. 할머니 목소리보다 더. 그럼 할머니가 음을 잘 못 맞춰도 어느 정도는 가려지니까."

이렇게요.

드디어 공연이 시작되었어요. 버찌는 앞발로 박수를 쳤

지요. 짝, 짝, 짝, 짝. 사분의사 박자였어요. 훅, 머릴 내밀었지요. 버찌의 신호를 알아챈 할머니가 첫 소절을 부르기 시작했어요. 짝, 짝, 짝, 짝. 버찌는 앞발로 박자를 딱딱 맞춰 주었지요. 지휘자처럼요.

그동안 셋이 열심히 연습한 보람이 있었어요. 신기한 게요, 할머니가 십 년 님게 노래 교실을 다녀도 늘지 않던 노래 실력이 버찌랑 함께하니까 조금씩 좋아진 거예요. 박자는 여전히 자주 놓쳤지만, 이제 음은 그럭저럭 잘 맞추었어요. 열심히 하면 안 느는 건 없는가 봐요.

이제 노래의 막바지가 다가오고 있었어요.

"나의 그으으 리이이이 우우우우우우우움."

버찌가 머리를 뒤로 휙 젖혔어요. 할머니가 노래를 딱 멈췄고요. 와아아아아아, 사람들의 박수가 쏟아졌지요. 장기 자랑은 대성공이었어요.

"월래네는 어디서 노래를 배운 거야?"

"노래 교실 옮겼나 봐. 거기 좋은가 보다. 어디냐고 물어 봐야지!"

할머니들은 월래 할머니를 다시 봤다며 모두 놀라워했어요. 버찌는 뿌듯했지요. 장기 자랑이 끝난 뒤, 할머니 손에 인기상 트로피가 들려 있었거든요.

할머니와 우동찬, 최혜나 그리고 버찌는 흥겹게 집으로 돌아왔어요.

"혜나야, 영상 찍어 뒀지?"

"응, 처음부터 끝까지 다 찍었어."

"헤헤, 고마워."

할머니는 인기상 트로피를 꼭 끌어안고 빙글빙글 춤을 췄어요. 우동찬은 그런 할머니를 보고 씩 웃었지요.

"아, 맞다! 버찌, 내가 너한테 줄 게 있는데…….."

우동찬이 가방을 열어 무언가를 꺼냈어요. 부스럭 소리가 났어요.

"자, 선물! 멍멍 라면! 강아지가 먹는 라면이야. 신제품이래. 할머니한테 들었어. 너 라면 좋아한다며?"

버찌 눈이 휘둥그레졌어요. 버찌는 선물 받은 멍멍 라면을 소중히 품에 안았어요.

"그럼 강아지도 라면 먹을 수 있는 거네? 우아! 좋다, 좋아! 고마워, 우동찬!"

버찌는 온 집 안을 펄펄 날아다녔지요. 최혜나는 그런 버찌를 졸졸 따라다녔어요. 최혜나는 강아지를 꼭 한번 키워 보고 싶었대요. 그날 월래 할머니 집에 모인 모두는 행복했어요. 누구 하나 빠지지 않고 모두요.

9
콩 빠진 버찌

겨울이 가고 어느덧 봄이 왔어요. 쌩쌩 불던 바람이 살랑 부는 바람으로 바뀌었지요. 길가에는 벚꽃이 흐드러지게 피었고요. 버찌는 할머니와 함께 산책을 나왔어요. 공원에서 우동찬과 최혜나를 만나기로 했지요.

둘은 큰길 사거리 신호등 앞에 섰어요. 그때 큰 개 한 마리가 주인과 함께 할머니와 버찌 옆에 다가왔어요. 할머니는 얼른 버찌를 안았어요. 큰 개가 오면 할머니는 버찌를 안아요. 혹시 큰 개가 으르렁거릴까 봐요. 버찌는 할머니 품에 안겨 큰 개를 힐끔거렸지요. 덩치만 크지, 영 볼품이 없었어요. 비쩍 마른 데다 털도 듬성듬성 빠져 있었어요. 눈도 퀭했고요. 버찌는 큰 개 주인을 슬쩍 올려다봤어요. 까만 선글라스를 낀 아주머니였어요.

'큰 개도 새 주인이 필요해 보여.'

버찌가 이런 생각을 하는 사이 신호등이 초록 불로 바뀌었어요. 버찌와 할머니는 횡단보도를 건너갔지요. 큰 개도, 큰 개 주인도요. 큰 개 주인은 목줄만 잡은 채 앞만 보며 걸어갔어요. 뒤에 큰 개가 잘 따라오는지는 신경도 안 쓰고요. 버찌는 돌을 하나 얹어놓은 듯 마음이 무겁기만 했어요. 자세히 보니 큰 개 뒷다리에 붉은 상처 자국이 나 있는 게 아니겠어요. 제대로 치료받지 못했는지 피딱지가 굳어 있었어요.

횡단보도를 다 건넜을 때였어요. 바람에 날아온 민들레 씨앗이 버찌 얼굴을 간지럽혔어요. 그러다 그만 버찌 콧구 멍 속으로 쏙 들어갔어요.

"에, 에에취히! 에에에에에취히히히히!"

버찌는 연달아 재채기를 했어요. 그때 버찌 목에서 무언 가 툭, 하고 튀어 오르는 게 느껴졌어요. 버찌는 목에 걸린 무언가를 앞발 위에다 퉤 하고 뱉어 냈어요. 콩알 하나가 톡 떨어졌지요. 달님에게 소원을 빌던 날 떨어졌던 그 콩 이었어요. 선명한 분홍빛도, 은은한 향기도 그대로였지요.

버찌는 고민했어요. 콩을 다시 주워 삼킬지 말지를요. 버찌는 할머니 얼굴을 슬쩍 올려다보았어요. 그러다 할머 니와 눈이 딱 마주쳤어요. 마음이 푹 놓였지요. 이제 할머

니와 버찌는 말이 필요 없는 사이니까요. 눈빛만 주고받아
도 서로의 마음을 다 알게 된 거예요.

　버찌 옆으로 큰 개가 다가왔어요. 큰 개는 버찌 왼쪽 앞
발에 떨어진 콩을 유심히 보고 있었어요. 버찌는 오른쪽

앞발로 콩을 집어 제 배에 쓱쓱 문질렀어요. 버찌 몸에서 가장 깨끗한 곳이었지요. 그러고는 큰 개에게 콩을 내밀었어요. 큰 개는 버찌가 내민 콩을 얼른 집어삼켰어요. 버찌가 환하게 웃었어요. 큰 개도 환하게 웃었지요.

갑자기 큰 개 주인이 뛰기 시작했어요. 덩달아 큰 개도 뛰었지요. 버찌를 향해 꼬리를 살랑살랑 흔들면서요.

'너에게도 좋은 일이 생길 거야. 상처가 얼른 나았으면 좋겠어.'

버찌는 마음속으로 몇 번이고 빌었어요. 두 번째 주인에게 버림받았던 그날, 달님을 보고 소원을 빌던 그 마음 그대로 아주 간절하게요.

큰 개는 이제 서서히 멀어져 갔어요. 버찌는 앞발을 들어 흔들었어요. 큰 개를 향한 인사였지요. 분홍 콩을 향한 인사이기도 했고요. 그동안 고마웠다고, 이제 버찌 대신 큰 개를 잘 부탁한다고 말이에요.

캥캥캥 깨갱깨갱 깽깽, 버찌는 오랜만에 목청껏 짖었어
요. 목이 뺑 뚫린 것처럼 시원했어요. 지나가는 사람들이
버찌를 한 번씩 힐끗거렸어요. 그러자 할머니가 사람들에
게 말했지요.

"월래, 뭐 어때서유? 개는 짖어야 해유. 안 짖으면 그 개
가 이상한 개유."

작가의 말

저에게는 독특한 취미 생활이 하나 있어요. 그건 바로 '동물과 눈 맞추기'인데요, 거미, 무당벌레, 파리 같은 작은 곤충부터 소나 말 같은 큰 동물까지 두루두루 눈을 맞춘답니다. 신기한 것은 동물들이 제 눈을 피하지 않는다는 거예요. 꼭 무슨 할 말이 있는 것처럼요. 그래서 가만히 들어 주어요. 동물들이 눈빛으로 보내는 말을요.

동물들의 말을 들으면 웃음이 날 때도 있지만 마음이 아

플 때도 있어요. 버려진 강아지를 만난 날이 그랬어요.

보름달에 소원을 빌면 다 이뤄진다는 말, 들어 본 적 있지요? 보름달이 뜬 어느 날 밤에 버찌 이야기를 썼어요. 이야기 속 버찌처럼 그날 본 강아지도 행복해질 수 있을 것 같았거든요.

이 책을 읽은 어린이 친구들에게 부탁이 하나 있어요. 주위에 강아지가 보이면 이 이야기를 저 대신 읽어 주세요. 해 질 무렵 공원에 홀로 남겨진 강아지라면 더욱 좋겠어요. 아마 그 강아지는 서러운 마음을 잠시 접어 둔 채 이야기 속에 풍덩 빠져들 거예요. 그리고 세상이 차갑지만은 않다는 것을 알게 되겠지요. 다시 살아갈 힘을 얻을 수 있을지도 몰라요.

제게도 글을 쓸 수 있게 힘을 주신 분들이 많아요. 버찌의 이야기를 지나치지 않고 눈여겨봐 주신 창비 어린이출판부와 김솔 편집자님. 덕분에 한 권의 책이 세상에 나올 수 있게 되었어요. 이 글에 멋진 그림으로 생기를 불어넣어 주신 지문 화가님께도 감사의 마음을 전하고 싶어요. 그리고 무엇보다도 이 책을 읽어 준 어린이 독자 여러분, 마음을 다해 감사 인사를 드립니다. 다시 만날 때까지 몸도 마음도 건강하기를 바라요.

2024년 겨울

이정란

신나는 책읽기 **67**

버찌의 선택

2025년 1월 3일 초판 1쇄 발행

지은이　　● 이정란
그린이　　● 지문

펴낸이　　● 염종선
책임편집　● 김솔
디자인　　● 권희원
조판　　　● 신혜원
펴낸곳　　● (주)창비
등록　　　● 1986. 8. 5. 제85호
제조국　　● 대한민국
주소　　　● 10881 경기도 파주시 회동길 184
전화　　　● 031-955-3333
팩스　　　● 031-955-3399(영업) 031-955-3400(편집)
홈페이지　● www.changbi.com
전자우편　● enfant@changbi.com

ⓒ 이정란, 지문 2025
ISBN 978-89-364-5167-7 73810